Conforme à la loi n°49956 du 16 juillet 1949 sur les publications destinées à la jeunesse
ISBN : 2 09 250239 - 5

N° de projet : 10081162 (I) 7 CSBS 170° - Mai 2001
Impression et reliure : Pollina s.a., 85400 Luçon - n° L83798-A

La nouille vivante

Texte de Gudule

Images de Claude K. Dubois

NATHAN

– Arthur, mange
tes pâtes ! dit maman.
Arthur fait « non »
de la tête.
Dans son assiette,
il vient d'apercevoir...

... Une nouille vivante !

Celle-là, là, au milieu !
Elle a bougé, il en est sûr !
Et elle le regaaaarde !

Manger une nouille vivante ?
QUELLE HORREUR !
– Je n'ai plus faim ! déclare Arthur
en se laissant glisser de sa chaise.

Maman soupire et,
un peu agacée,
jette le contenu
de l'assiette
à la poubelle.

Mais... ça alors, LA NOUILLE A SAUTÉ !

Comme elle a l'air triste,
toute seule sur le carrelage !
Arthur s'accroupit pour l'observer de près.
– Tu veux être ma copine ?
lui demande-t-il tout bas.

La nouille ne répond pas parce qu'elle est
très intimidée. Mais Arthur sent bien
qu'elle est d'accord.
– Je t'appellerai Georgette ! décide-t-il.

– Viens, Georgette, on va visiter la maison ! dit-il en ramassant la nouille.

Il la pose en équilibre sur son nez, la fait tourner sur son doigt... Docilement, Georgette se prête à toutes ses fantaisies.

– C'est l'heure du bain, Arthur !

crie maman de la cuisine.

Les nouilles ont-elles peur de l'eau ?
Arthur se gratte la tête, puis décide que non.
Ne les met-on pas dans une casserole
pleine d'eau pour les faire cuire ?

– Allez hop ! Georgette, dans le bain.

Non seulement Georgette n'a pas peur de l'eau, mais elle nage comme un vrai poisson. Il faut la voir pointer le bout de son nez au milieu du bain moussant, en chatouillant le ventre d'Arthur au passage. Quelle rigolade !

Jamais Arthur n'a eu d'amie aussi sympa,
ni aussi drôle !

– Au lit, maintenant ! dit maman.

Arthur fourre la nouille dans la poche de son pyjama et file vers sa chambre.

Chouette, Georgette va lui tenir compagnie pendant la nuit ! Quand il fait noir, Arthur a toujours un petit peu peur...
Il la pose sur son oreiller, lui donne un bisou et lui chuchote : « Bonne nuit ! »

– Qu'est-ce que c'est que ça ? s'écrie maman en venant embrasser son petit garçon.
Une nouille sur l'oreiller ?
C'est vraiment dégoûtant !

Et, malgré les protestations d'Arthur, maman l'attrape. Mais Georgette se débat, lui échappe et glisse sous le lit.

– Je balaierai demain, décide maman. Il est tard... Bonne nuit, mon chéri !

Et, après un dernier câlin, elle éteint la lumière.

Dans le noir, Arthur appelle doucement :
« Georgette ! GeooOOrgette ! »
Pas de réponse.
Et si elle s'était assommée en tombant ?
À moins qu'elle ne soit déjà endormie...
Est-ce que les nouilles dorment la nuit,
comme les enfants ? Ou restent-elles éveillées,
comme les chouettes et les hiboux ?

En tendant l'oreille, Arthur entend
un léger bruit dans le noir.
C'est Georgette qui ronfle !

Rassuré, il s'endort à son tour.

Et rêve qu'il se marie avec Georgette.

Ils deviennent le roi et la reine des nouilles et vivent très heureux, sur un îlot de fromage, au milieu d'une mer de sauce tomate.

C'est décidé, Arthur ne mangera plus jamais de pâtes. Un roi ne croque pas ses sujets, n'est-ce pas ! D'ailleurs, la purée, c'est tellement meilleur !

Dans la même collection

Arnaud Alméras

Mister Mizter, agent secret
images de Clément Oubrerie

Hubert Ben Kemoun

Pipi, les dents, au lit !
images d'Anaïs Massini

Agnès Bertron

Petit Martin et son Papa
images de Laurence de Kemmeter

Clotilde Bernos

Je veux un lion !
images de Jean-François Martin

Françoise Bobe

Le doudou de Siyabou
images de Claire Le Grand

Coline et le loup sous le lit
images de Charlotte Roederer

Elsa Devernois

À la poubelle, bébé Louis !
images de Magali Bardos

François David

La marchande de sable
images de Quentin Van Gijsel

Laurence Gillot

Patience, Prinçounet !
images de Dominique corbasson

La bise du renne
images de Lucie Durbiano

Lulu Grenadine ne veut plus sucer son pouce
images de Lucie Durbiano

Lulu Grenadine est mal lunée
images de Lucie Durbiano

René Gouichoux

Quand j'étais seul dans mon terrier
images de Céline Guyot

Girafon et Girafette
images de Delphine Renon

La chasse à la carotte
images de Jean-François Martin

On dirait une sorcière !
images de Xavier Frehring

Roi Canard et Vieux Crocodile
images de Thomas Bass

Gudule

La nouille vivante
images de Claude K. Dubois

Odile Hellmann-Hurpoil

Ohé ! capitaine Olivier !
images de françois avril

La fée Sidonie a des soucis
images de Charlotte Roederer

Rendez-moi mon chien !
images de Marcelino Truong

Dans la même collection

Jo Hoestlandt

La boîte à bisous
images de Clémentine Collinet

Fanny Joly

Quel cadeau pour le Père Noël ?
images de martin jarrie

Geneviève Laurencin

Un éléphant, c'est épatant !
images de hervé blondon

Thierry Lenain

Je ne suis plus un bébé, maman !
images de Laurence de Kemmeter

Touche pas à mon papa !
images d'Antonin Louchard

Didier Lévy

Le bisou
images de Gilles Rapaport

La balle
images de Gilles Rapaport

Trop petit, mon ami !
images de Jérôme Ruillier

Le Roi des Ogres et la purée de carottes
images de Anne Wilsdorf

Le Roi des Ogres veut croquer la maitresse
images de Anne Wilsdorf

Magdalena

Grand-père grognon
images de Dominique Corbasson

À l'eau, Léo !
images de émilie chollat

Julie Mellon

Change de voix, Lapinou !
images de Olivier Latyk

Jean-Claude Mourlevat

Regarde bien!
images de Alice Charbin

Geneviève Noël

Quel amour de crocodile !
images de rémi saillard

Tout-Doux le petit loup
images de Christopher Corr

Charlotte la marmotte
images de Anouk Ricard

Thierry Robberecht

La belle nuit de Zaza la vache
images de isabelle jonniaux

Édith Soonckindt

Au Pays des Rois
images de isabelle jonniaux

Natalie Zimmermann

Un prince pour Lilas
images de suppa